KB126497

기쁨의 슬픔

한명희

대전에서 태어났다.

2009년 『딩아돌하』를 통해 시인으로 등단했다.

시집 『마른 나무는 저기압에 가깝다』 『마이너리거』 『아껴 둔 잠』 『기쁨의 슬픔』을 썼다.

파란시선 0146 **기쁨의 슬픔**

1판 1쇄 펴낸날 2024년 8월 20일
지은이 한명희
인쇄인 (주)두경 정지오
디자인 이다경
펴낸이 채상우
펴낸곳 (주)함께하는출판그룹파란
등록번호 제2015-000068호
등록일자 2015년 9월 15일
주소 (10387) 경기도 고양시 일산서구 중앙로 1455 대우시티프라자 B1 202-1호
전화 031-919-4288
팩스 031-919-4287
모바일팩스 0504-441-3439
이메일 bookparan2015@hanmail.net

ⓒ한명희, 2024, printed in Seoul, Korea

ISBN 979-11-91897-84-5 03810

값 12,000원

*충청북도 충북문화재단 2024 문화예술 창작활동 지원사업(B유형)으로 발간되었습니다.
충청북도   충북문화재단
         Chungbuk Cultural Foundation

기쁨의 슬픔

한명희 시집

시인의 말

아직 만나지 못한 사람이 있다
변화를 바라던 길은 말하지 않아도 알아서
꽃에서도 땀내가 나는 곳을 찾았고
나와는 다른 기분과 감정 속에
머물기를 바랐으므로

너를 믿는다 열두 개의 감정과 기분 속에
태양을 만나고 온 것처럼 말했으므로

차례

시인의 말

제1부

이불 속을 드나드는 새소리

　빗자루를 들고 분주하다 서랍을 열어 보던 손은 장롱을
넘어뜨리고 이불을 끄집어낸다 해바라기 그림과 물망초
무늬의 벽들은 여전히 수직이고 수평이고 위아래 없이 평
편한데 끄집어낸 이불 속을 쉴 새 없이 드나드는 새소리
행운목이 있는 창문 너머 교회 앞에서 찍힌 사진은 누가
줬더라! 야구 배트랑 글러브랑 앵무새 깃털이 달린 모자랑
꿈을 꾸듯 서랍을 뒤지면 없던 아이 하나 목각 인형처럼
웃고 낯익은 일기장엔 얘들아 밥 먹고 학교 가야지 귀를
잡아 일으키던 알람 시계, 꼬리를 흔들며 따라오던 강아지
토담을 끼고 숨바꼭질하던 골목들 보이는데 머리카락 휘
저어 놓는 바람처럼 쓸데없이 분주해서 눈살을 찌푸리게
하는 손과 빗자루는 좀 치워 주시지 먼지 풀풀 날리는 장
롱을 제집처럼 드나드는 새소리

다정도 어깨동무를 하고

간이침대에 앉아 풍선을 분다 푸르게
성호를 긋고 거울 한쪽 가슴에 원을 그린다

네가 어디서 다쳤는지 기억나지 않아서 너를 찾다 보면
침대 너머 보름달 같은 문이 열리고
동그랗게 말린 사람들은 달빛처럼 쏟아져 나온다

침묵의 바다는 넓고도 깊어서 바다가 보이는 언덕 위에
골프장이 우리를 갈라놓았다 상상도 못 하고

잠잠하던 파도가 백상아리처럼 절벽을 물어뜯던 때였을
것이다

누군가 창문 흔드는 소리에 나가 보니
사람들이 쏟아져 나왔던 문이란 문은 꽉 막혀 드러나지
않고
불던 풍선도 터져서 자정도 한참 지난 밤이었다

가쁜 숨을 몰아쉬던 바람이 네 빈 가슴을 채워 주리라
나는 말하지 않았으나 침대 너머 거울 앞에서

보름달처럼 부풀어 오르던 너는
병실 앞 산책길에서 고문당한 영혼처럼 신(神)을 찾고

우리는 너무도 자주 네 꿈을 꾸었기에

둥글게 몸이 말린 채 너를 찾던 사람들은
터진 풍선의 배꼽에서 바람의 탯줄을 찾은 듯 푸르게
유성으로 사라졌다

스크럼을 짜고 침묵으로 저항하다 죽은 듯이
다정도 조용히 어깨동무를 하고

이국으로 가는 비행기

경찰청 앞에 불법 주차한 벤츠 같다
벗어 놓은 옷에서 등유 냄새가 나는 여름
기름때 묻은 주유기를 입에 물고 아우토반을 달리거나
유럽 어딘가를 돌고 있을 친구를 생각하니

그 나라에서도 배가 부르면 콧노래를 부르고 꺾을 꽃이
어디 있나
카지노가 있는 호텔을 찾고 풀벌레 우는 숲과 유럽풍
카페가 있는 강변을 달릴까

비바람 불고 천둥번개가 온 나라를 두 쪽으로 갈라놓아도
잡초에겐 잡초만의 삶이 있고 풀꽃은 풀꽃대로 살아가는
방법이 있다고 배웠는데

그건 한여름 베짱이 배가 부른 뒤에 하는 말이거나
쥐뿔도 없는 게 간만 부어서
불법 주차한 벤츠처럼 뵈는 게 없어야 가능한 일일까

기타여, 이제부턴 나도 친구처럼 변해서 세상의 모든 사
치와 술수와

배신을 친구 삼고……

꿈이라면 주유 받지 못하고 이 밤도 거리를 헤매는 삶들과 시름시름

시들어 가는 꽃들을 비행기에 싣고 이국(異國)으로 가는 것이다

기름때에 전 옷을 벗고 잡초 우거진 주유소에서 술과 같이 있다 보니

부도난 수표를 여행자수표처럼 들고 공항 가는 사람처럼 노래를 부르다 보니

비로소 내가

경찰청 앞에 불법 주차한 벤츠 같다

못다 쓴 일기
―거기

―

돌과 같이 살던 석공은 왜 책상과 연필로 몸이 바뀌는 얼굴로
나를 쓰고 읽게 했을까

새물내 나는 방에서
감당할 수 없는 돌을 등허리에 올려놓고
돌아보면

아무도 없는 산길

나를 먹여 키운 숟가락은 온몸에 돌개바람 들어 키가 한
뼘은 줄고
굽은 등은 허리 패인 산자락에 박혀 있던 돌 같은데

아파트가 숲을 이룬 공사장에서 축대를 쌓다 부서진 거기
돌 틈으로 진물처럼 흐르던 회반죽 거기, 화석 같은 사람
의 뼈와 굳은살이 있어
나는 가 본 적 없는 너덜지대를 걷고

―

개 짖는 골목길을 걷다가

16

아무도 없는 학교 운동장을 터덜터덜 돌던 소년으로
우두커니 플라타너스처럼 서 있는 것인데

길음시장에서 미아리와 창동시장에서 좌판을 놓고
오지 않는 손님을 기다리는 여인을 기다리던 아이는 누
구였을까
눈 머문 곳마다 형아, 엄마 언제 와 아이보다 더 어린아
이가 콧물을 아이스크림처럼 빨아 먹는 날도

흰 치마로 얼굴을 가린 채 돌산 너머 K대 앞을 떠돌던
구름이
길음시장 뒤쪽 거기, 허리 패인 산의 이마에 흰 붕대를
감고 있다

망상어
—잠자는 남자

一

달력을 찢어야 했어 봄이 오기 전에 우리가 어떻게 살았는지 죽었는지 눈만 뜨면 의혹투성이고 질문할 것만 남은 곳에서는 더 이상 살 수 없다고

집 나간 새끼를 찾아서 심해 먼바다로 뛰어든 망상어가 어떻게 살아서 두 눈 동그랗게 뜨고 나를 보게 하는지, 수조 속의 물처럼 부글부글 끓다가 미친 듯 팔딱팔딱 뛰다가 미쳐서 좋은 건 뭐가 있을까? 생각도 하다가 찢지 못한 달력을 보노라니

우리는 얼마나 많은 질문과 세상에 대한 적개심만 키운 채 쌓이는 의혹과 의문을 의심만 하다가 의심조차도 잊은 채 살고 있었던가 망각이라는 바다에 빠져서

어느 집 울타리의 장미꽃조차도 눈물 같던 때였다

읽던 책을 덮고 집 나갔던 새끼가 다짜고짜 잠자던 내 코털을 뽑고 어떤 여자의 향기를 좇던 날인가! 지중해를 건너와 노르웨이로 가는 비행운과 해저음이 겹치면서 쌓이면서 달력 한곳을 해처럼 오려 놓고

오슬로에 있는 뭉크의 태양이 보고 싶다고 얼마나 많은 적개심과 분노를 참고 있어 밤도 잊은 채 뜨겁게 불타고 있는지, 식을 줄 모르는 열정으로 헤르메스를 찾아서 신이 알고 있는 해답을 듣고 싶다고

습관처럼 먹던 신경안정제가 횡설수설하는 망상어의 환각인지 환청인지 무위도식이고 몽유병자인 내가 눈 부릅뜨고 이번만큼은 잠들지 말자 다짐 또 다짐할 때였는지 수족관을 보며

눈 쌓인 어느 집 창문의 입김도 땀방울로 보이던 날이었다

아마도 사월

—

겹벚나무에 물까치 한 마리 앉아 있다

꽃 진 가지와 꽃 핀 가지 사이
바람이 겹벚나무를 흔들 때도

물까치는 흔들리면서도 흔들리는
나뭇가지를 붙들고 있다

호흡기를 떼어 내던 병실 너머 아침 공원

멀게만 보이는 옥탑방엔
연붉게 겹벚꽃 같은 꽃물이 들고 그날

나는 처음으로 나를 두고 간 사람을 생각했다

—

이렇게

 나는 돌이다 가지치기 당한 가로수이며 비 오는 들길을 걷다 납작 엎드린 민들레꽃이며 바람에 흔들리다 바람에 주저앉은 나비이다 날개를 접고 떨어지는 낙엽이다 공원을 걷다가 벤치에 누워 곰곰 생각해 봐도 내가 사람이라면 이렇게 육두문자 발목을 잡는 주막에서 날 버린 입술이 그립다고 몸은 갔는데 마음이 못 가서 서쪽 하늘은 붉게 깨꽃이 피었다고 파도가 새 떼처럼 날아다니는 포구를 걷다 보니 낮달도 허연 게 빈혈 앓던 그녀 같다고 이렇게 출근하는 가장으로 새벽부터 나와 공원을 찾고 바닷가를 거닐다가 발끈하는 시간을 겨우 달래며 한 번 더 생각 같은 걸해 봐도 나는 타다 만 담배꽁초다 누군가의 발에 밟힌 낙엽이며 공원 한쪽 귀에서 관상수로 있다 가지치기 당한 나무다 굴러다니다 차인 돌이다

검정은 폭군

이 또한 지나갈 것이라고 위무하지 말자
참을수록 고통은 폐부를 찌르는 비수 같으니
당해 보지 않은 슬픔은 당해 본 사람만이 알 수 있으니
흑심을 품은 검정은 폭력을 일삼는 폭군 같고
흰 것은 백의 같아서 비폭력적이다 한다면
붓에 길들여진 한지처럼 당하는 쪽은
물기를 머금은 채 휘두른 쪽을 넘보고 땅만 보고
걷다 등이 굽은 신발은 바깥으로만 닳아서 안쪽이 궁금한
불가촉천민의 드러내지 못한 읍소다

안개가 젖을 물린 만경평야 걷다 보니 갑오년
농민군들 금방이라도 안개 속에서 뛰쳐나올 것만 같은데
전봉준을 밀고한 김경천은 노랑일까
빨강일까 폭정을 일삼던 고부 군수 조병갑은
뼛속까지 시커먼 검정이었을 것 같은데
회색 옷을 즐겨 입던 누구는 회색분자였나? 그래서
색깔 논쟁의 한 피해자이면서도 이 또한 지나갈 것이라고
줏대도 없이 가족들의 무사안일만을 바라며 절을 찾고
도일체고액(度一切苦厄)을 황소 되새김하듯 가슴에 새기셨
을까

안개가 사라진 하늘은 푸르렀으나 더 짙은 안개가 나타나

한 치 앞도 볼 수 없는 자식들은 집을 잃고

길을 잃고

*도일체고액(度一切苦厄): 『반야심경』의 한 구절. 일체의 모든 고통과
액난을 견딘다는 뜻.

짱돌

一   사랑할 게 없는 사람을 사랑할 수밖에 없는 날이 있었다

건드리면 바사삭 부서질 것 같은 돌을 품고
다시는 못 볼 것이다 생각하며, 중얼거리며

어제는 내일을 기약하고
내일은 어제를 잊으려 한다

잎은 떨어지고 줄기만 남은 쑥부쟁이 내쉬는 한숨처럼
진눈깨비 날리고 우박 떨어지는

개집 옆에서 흰 수국이 거짓 웃음을 흘리던 날이었을 것
이다

이유 없이 구속되고 버림받은 기억 때문에
공장 문을 부수고 구치소 유리창을 깨다가 급기야
짱돌이 되어

다시는 안 볼 것이다 중얼거리며, 생각하며
—   서리 맞은 구절초 마디마디 부러진 듯 무릎 꺾인 판잣집

에서
　부러진 손마디에 깁스를 하고

　사랑할 게 없는 사람을 사랑할 수밖에 없던 날들이 있었다
　성미 급한 시간의 등을 쓰다듬고 두드리며

　내일은 어제를 기억하고
　어제는 내일을 잊으려 하면서

그친 비처럼

두 손으로 올 때도 있고 네 손으로 올 때도 있다 남자는

나뭇가지를 그렇게 분질러 놓고 쪼그려 앉아 본다 오늘은
빈손이다

간다 청솔모가 부러진 나뭇가지처럼 비를 물고 간다 써
놓고
비를 몰고 온다고 읽는다

어쩌다 눈물이 필요한 지점에서 비를 만난 남자는 두 개
의 손이 더 필요한 청설모처럼 우산이 필요했지만 그친 비
처럼 손에 쥔 생명줄처럼 슬픔은 놓지 않는다
남자에게 슬픔은 그렇게 모질고 질기다 그가 부러뜨린
목숨에는 두 손으로 왔다가 빈손으로 돌아간 슬픔이 있고
네 손이 필요한 남자가 반려견을 키우지 못한 것은 이미
지나간 미구의 일이다

만세를 외치듯 함부로 들어 올렸던 두 손이 부러진 밤나무
가지 위에서 몇 개의
눈물과 함께 있다

  새끼 잃은 청설모처럼 어미 찾은 새끼처럼 그렇게 비는
오고 간다 네 손이 필요한 지점에서 남자는 두 손을 버리
고 사람으로 사는 게 싫어서

  부러진 나뭇가지처럼 세상을 원망하랴 철없는 아내를 탓
하랴 밤새 뒤척이는
  빗소리를 듣다가 그친 비처럼

마네킹

문을 열자 꽃들이 떨어진다
봄이 갔다고 아주 간 것도 아닌데

이렇게 조급하게 부서지다니 말도 못 하고

눈이 아파서 당신은 눈을 닫는다

돌을 던지자
돌무덤이 생겼다

떨어진 꽃들이 들어가 또다시 문을 만들고

이게 아닌데 이게 아닌데 하면서
당신은 무덤 속을 걷는다

잠시 잠깐 머문 곳을 정리하듯이

부서지는 꽃들을 그러모아 마네킹을 만들면
마네킹도 피가 흐를 수 있을까?

사방이 벽인 세상에서 봄이 다시 오는 그날까지

조급하게 부서지지 않으려고
나는 나로부터 떨어지지 않으려고

사랑합니다 나를 떨어진 꽃들 속에 묻고
존경합니다 내 사랑을 태양에 묻고

누구도 들을 수 없는 말로 누구라도 들을 수 있게

당신이 밖으로 나올 때까지

돌을 던진다 문 앞에
돌을 쌓는다

*내 사랑을 태양에 묻고: 조르주 바타유의 시 「죄인」에서.

퍼즐 게임

ㅡ 내 집에서 걸어 나온 사내가 낯설게 나를 보고 있다

때는 저녁이고 공원이다
비둘기 잡기를 하고 오징어 게임을 즐기던
아이들은 귀가를 서두르고
어른들은 술을 찾는 저녁이다

누구는 생활고에 쫓기듯 살아도 헤어진 짝이 찾아오고
시간을 놓친 기차는 연착이 되어 탈 수 있었다는데

커피 자판기 앞에서 동전을 찾던 사내는
어디서부터 나를 따라다니고
벽뿐인 세상에 끼워 놓지 못해서
담을 쌓다 무너진 벽돌의 모습으로
깨진 삼각의 블록 형태로 있게 되었을까

퍼즐 게임하듯 뇌를 굴리고
꼬인 신경줄을 곤추세워도

ㅡ 공원에는 술을 찾는 어른들이 있고 늦은 밤까지

오지 않는 사람을 기다리던
벤치에 앉아서
낯설게 커피를 마시던 사내가

내 집에서 이 밤도 나를 보고 있다

나는 누가 버린 저녁인가

―

밤새 쑥국새 울었다
해 질 녘 다녀간 당신이라 생각했다
어둠뿐인 집에서
어제는 길을 잃고 방죽 한가운데 서 있는 당신을 보았다
나는 누가 버린 저녁인가 살다 보면
아플 때가 있듯이
엎질러졌으나 담길 데 없는 물처럼
떠도는 쑥국새 울음에
무쇠 심장도 제방처럼 터져서 다 녹아 흐르겠다
당신이 손수 담을 쌓고 무지개 벽지를 발랐을 방
문을 열면
새벽 두 시의 낮달이 수억만 개 물방울처럼 맺혀서 물푸
레나무를 적시고
횃불을 든 사람들은 반딧불이처럼 방죽으로 모여든다
추워서 따뜻한
차 한잔을 마시며 아침을 기다리는 동안에도
봄은 무럭무럭 자라서 씨앗들을 키웠고 겨울을 견딘
당신은 언젠가 내가 찾던 이별 같아서 새벽은 쓰고
울음은 달콤했다

―

221129

여자가 눈을 감고 불 꺼진 가등처럼 있다 나간다

아이 방에 있던 남자는 담뱃내 같은 자취만 남아서

웃음꽃 피던 주방과 봄 여름 가을 없이 끌어안고

아이와 배웅을 하고 반기던 거실을 서성이고

벗어 놓은 길들은 한사코 여자가 간 쪽을 찾는 듯했다

문밖에서 겨울이 꽃 심던 봄을 부르는 것처럼

새끼 강아지 홀로 집을 지키는 날이었다 때늦은 생각으로

후회가 눈처럼 쌓일 때

칸나가 어울리던 골목에는 흰 눈이 국화 꽃잎처럼 날리고

바깥

명자나무 가지에 물오르는 봄날
서역 길 떠나는 그녀
두고 누가
낙조를 아름답다 했는가 밤이 이울도록
굴뚝새는 울고
끝도 없는 사막을 건너 그녀로 향하는
길은 낙조를 삼킨 달빛
실핏줄 같은 그 빛 속에 명자나무를 심고
마른번개가 소를 키우던
여물통과 토담을 부서트린 날이면
행여 다시 그녀 오실까
하염없는 바깥이 되어 토담에 기대 있는데
물려받은 천수답까지 주식에 날려 버리고
빌딩 외벽을 올라가는 담쟁이덩굴로 있다가
잠시 고요의 신발을 신고 그녀처럼
부엌을 드나들고
뒤꼍에 있는 장독대를 기웃거리기도 하는데
낙조를 등에 업고
서역 길 떠나던 그녀가 꽃 핀
명자나무가 되어 대문 밖에 서 있다

제2부

영영
—조치원

실잠자리 두 마리 짝짓기를 하고 있다

물가에는 뜬구름과 빈 병이 있고

낯익은 좌대는 발목부터 어둠에 잠겨 있다

돈이면 안 되는 게 없는 나라에서

천사는 어떻게 태어나는 걸까

물음표 같은 미끼를 덥석 문 삶은 영영 떠날 생각이라도
한 걸까

버스정류장을 뒤로한 채 수면을 응시하던 너처럼

차들은 쉴 새 없이 지나가고

미늘에 걸려 아등바등하던 좌대 같은 건 안중에도 없이

산책길의 벚나무는 하나같이 저수지 방향이다

타동사의 시간

一   버린 가족을 다시 버린다
어떤 얼굴의 위치는 집보다 높고 커서
어제의 길로만 이어져 있다

유년이라는 희미한 등불 아래에서
어떤 얼굴을 찾다가

식도(食道)를 움켜쥔 손에 힘을 주면
잡초처럼 자라는 혈관 꿈틀거리고 피멍이 든 채

잡초가 된 마당은 길을 묻던 사람처럼 삐죽 내민 허공을
깨문다

채깍채깍 시간이 시간을 자르며
죽은 자의 몸에서 그림자를 떼어 내듯

나에게 가족이란 말은 말을 위한 말이어서
의지할 데 없는 불안만 키우다 증명할 수 없는 부피에 놀
란다
이를테면

떡방아를 찧던 마당 동구 밖에서부터 달려오던
친척들의 웃음소리 할머니를 위한 아버지의 어깨춤

이웃들이 읽어 주는 문장이나
얘기 같아서 마당엔 눈이 내리고

커진 귀는 길에 떨어진 감나무 잎처럼 납작 엎드려 있다

한 행 더 느끼는 답답함으로 버린 가족을 다시 찾듯이
어제의 길로 이어진 길들은 누가 썼다 지운 백지 같아서
잡초를 밟고
저물녘 한낮처럼 마당을 드나든 발자국을 찾는다

질문은 의문의 사생아

一 명사십리, 당신과 한번은 가고 싶던 섬이었다
명사라는 말이 그냥 좋아서
십 리는 내가 당신을 잃어버렸거나 잊고 지낸 기억으로

당신 몰래 반려견처럼 있다

돌을 던지면 푸르게 멍이 드는 섬 당신이 사랑한 사람은
사람이 아닌데도 꽤나 괜찮은 짐승이고

기억도 가물가물한 십 리는 모래뿐이어서 늘 짠물에 젖어
살고

해당화 피고 지는 섬마을에 총각 선생님은 아니지만 총
각인 건 맞아서
서울에는 가지를 마오― 당신은 얼굴을 붉힌 채
노래처럼 살아야 했는데

반려견처럼 있다 나는 또 생각한다

_ 잊었던 기억 속을 길게 빠져나오는

의문은 질문의 사생아 애초에 궁금함이 이곳에서 나온
건 아닐까?
세상의 반은 어둠이라서
당신은 반려견을 자식처럼 품에 안고

어둠 속에서 엄마를 찾던 나는 그렇게 당신을 만나고
해당화 핀 명사십리 걸으며 비로소 꿈을 이루었다 기쁨의
슬픔을 맛볼까

나는 죽었나 가끔씩 볼살을 꼬집기도 하면서

쑥골

一

내리는 눈 쌓이는 눈
등 돌리고 가는 여인 가로막는 눈
느티나무 부르튼 둥치에도 쌓이는 눈
교회 앞 놀이터에서 뛰놀던

결혼도 전에 여인은 이미
아이 둘을 낳고 내리는 눈 위에서
쌓이는 눈 위에서 사내는 동구 밖
눈사람으로 있었다 물비린내 심한 방죽을 돌면서
주소를 잃어버리고
다시 찾는 중에도 내리기만 하는 눈

여인을 붙잡지도 하얗게 지우지도 못하고
여름이 오고 다시 또 여름이 와도
쌓이기만 하는 눈 누구라도
목격하게 해 주소서 기도가 한숨이 되는 순간에도
아이 둘은 오뉴월 쑥처럼 쑥쑥 자라서
툭하면 덥다고 집을 뛰쳐나가도
벽처럼 쌓이기만 하는 눈

一

그 집

마른 나무 우듬지에 새 한 마리 둥지를 틀었다 나무 밑엔 언제나 벌레들이 기어다녔고 여자는 높아서 손도 안 닿는 그곳을 수시로 드나들었다 그럴 때마다 새는 둥지를 나와 뼈만 남은 나무의 실핏줄 같은 그림자를 쓰다듬고

마당에 쌓여 있는 모래 더미에선 잠자리채를 든 아이가 두꺼비 집을 짓고 있다 벌레를 잡느라 땀범벅이 된 여자가 맨발로 서서 새를 잡으려는 순간 마른 나무는 죄어드는 빗장뼈에 손을 얹고 두꺼비 집을 짓던 아이의 둥지를 허물었다

놀이터가 된 마당에도 비는 내려서 모래 더미 섬은 간데없고 흠씬 젖어서 자던 몸은 늘 차가웠다고 새가 운다 꺾인 날개가 어릴 때 여자처럼 두꺼비 집을 짓던 아이처럼 마른 나뭇가지에 걸려 있다고 어디선가 날 부르는 소리 있어

나무 밑엔 언제나 벌레들이 기어다녔고 둥지가 사라진 우듬지에는 물기를 머금은 바람이 불었다 새들이 모여들었다 그럴 때마다 마른 나무는 실핏줄 같은 그림자를 찾았고 집 앞을 가로지르는 길 아래에는 이름도 모를 풀들만 무성한 게 바다가 보이는 벼랑을 피해 있다

술독

장마가 계속되자
여자는 봄날 나비 같았다 남자를 두고 갈 생각에

피눈물이 된 논밭이 그런 여자의 날개를 잡고 늘어졌다

술독에 빠진 남자를 두고 가면 안 된다는 것처럼
번개가 치고 각혈 같은 폭우가 계속되는 날이었다

사람들은 성격과 서로 다른 궁핍으로 여자가 남자를 술
독에 처박았다고
쑥덕거렸으나

미안하다 잘못했다
말 대신 황토물을 토해 놓고
남자가 몸져누울 때까지

술독이 있던 자리에는 웅크린 가족들 잊고 지낸 계절들을
챙기고
산으로 간 여자를 찾을 때까지

눈 감아도 —

눈부실 수 있도록 찔레꽃이 유난히 희던 유월

아주 잠깐 찾던 이름처럼

—

화면이 켜지자 남자는
가방에서 서류 대신 사과를 꺼내 놓는다
저문 밤 혼자 먹던 밥처럼 홀쭉해진 가방을 드는 순간
이미 여러 번 겪은 꿈처럼 여자는 있다가 없고
푸른 사과가 시퍼렇게 멍이 든 사과가
꺼내 놓은 사과와 화면 속에서 굴러다닌다

광폭한 신의 모습이 저럴까 싶게 눈보라 휘몰아치고
폭죽처럼 우박이 터지던 날 그리스 신전 같은
오페라하우스 앞에서는 운명의 힘 서곡이 울려 퍼지고
남자의 손을 빠져나온 가방과 굴러다니던 사과가
눈보라 휘몰아친 족발집을 나와 버스 맨 뒷좌석에 앉아
있다
차에 치이고 사람들의 발길에 차인 듯이

식탁 위에 있던 술잔이 떨어진다 붉으락푸르락
사과나무 아래서 아주 잠깐 찾던 이름처럼
으깨진 생을 떠먹다가 우편배달부가 나타나서
속이 텅 비다 못해 쭈글쭈글해진 가방을 희망처럼 끌어
안고

—

남자는 엎질러진 술이 되어 여자를 기다리는데

예측은 빗나가기 위해 존재하듯이
샹들리에 불빛이 별처럼 반짝이는 라운지에서
검은 망토를 두른 바람의 말이 히이잉 울지도 않고 달려
온다
사람을 찾던 전단지처럼 서류를 날리며
시끌벅적한 시장 한 귀를 잡고 사과나무가 있는 언덕을
거쳐서
화면 밖으로 사라진다 이미 여러 번 겪은 꿈처럼 있다가

아파트 너머 들판에는 시퍼렇던 사과가 빠알갛게 익고

새벽은 어제를 다녀간 길들을 기억한다
—폐가

一

　　몸을 굴려서 돌은 제 몸을 다듬고
　　아름다움을 벼려서 꽃은 열매를 맺는다는데
　　시간을 자르며 힘써
　　몸을 불려서 늙은 나는 무얼 남기나

　　한 양동이 슬픔을 머리에 이고
　　나는 한마디 말도 못 하고 꽃과 돌도 나에게
　　한마디 하지 않았다

　　이른 봄부터 이른 겨울까지 써 놓은 글인지
　　알 듯 모를 듯한 낙서들!
　　어깨너머로 보았던 일기장엔

　　트랙터와 경운기와 쎄렉스가 늙은 집의
　　어린 아들을 싣고 멧새처럼 하늘을 찢어 빗금을 긋고

　　마하 3.5의 속력으로 솟구치는 우주선에서
　　나는 열 살 까까머리 낯선 소년일 때 폭발하는 빛의 입자
　　별이 생일날 날리던 색종이 같을 때

一

돌 같던 정수리엔 차가운 공기가 찾아들고
고요만이 들끓는 폐가의 땅에선
내가 뻗은 손과 잠든 몸이 마지막 문장인 듯

아버지 다녀간 새벽길을 따라
본 적도 없는 형제와 한 이불을 덮고 등 뒤로 보이는
얼굴들은 하나같이 돌처럼 표정이 없고

못다 쓴 일기
—풍선

一

허공에 매달려 있다
노을 든 저수지를 앞에 두고

넘어질 듯 바람의 발등을 딛고 다시 일어설 듯
싸우는지 춤추는지 도무지 알 수 없는
잡초 같은 어젯밤

우리가 머문 곳이 어디였지?
말없이
새들은 있던 자리를 떠나 하늘 높이 날아오르고
어둠의 두께로 더해 오는 고요가
물안개 자욱한 허공을 치받을 때

아직은 설익어서 따서도 꺾어서도 안 되는
꽃가지 아니 아니 복숭아

열여섯 복사꽃 같은 소녀를 만날 생각에
뜬구름 한 조각을 가슴에 품고 무장무장 걷다가
잡초처럼
서로를 껴안지도 멀리멀리 띄워 보내지도 못해

터져 버린 풍선이던가

시퍼렇게 멍든 하늘 머리에 이고
새들이 있던 저수지에 도착하기까지

우리는 우리가 누구인지 모른 척했고 유랑의 피를 받아
머물 곳을 찾다가 길을 잃은 느낌으로

저수지는 어깨 한쪽이 무너져 새들이 떠난
이유를 찾을 수도 없는 곳이었다

흑백영화 같은 밤

一   너는 알까 같은 꿈을 셀 수도 없이 꾸던 날
떠난 꿈이 갑자기 문을 열 듯 불쑥 찾아와
내가 심은 나무는 너를 생각하며 자란다는 것을

찬물을 마시다 말고 웃었지 너는 빈 화분을 보면서
다시 돌아올 거야
십 년은 일 년보다 짧고 일 년은 지난 주일만큼 빨라서

단풍 든 절집에는 바람에 붙들린 풍경 소리
낙엽이 서로 등 부비는 소리

묻지 않겠다 너와 걷던 산길도 칼국수를 먹으면
산철쭉처럼 얼굴을 붉히던 마을도 버스를 타고 가다
마주친 고향 풍경도

몇 장의 추억을 인화할 때
잠깐의 반가움이 지나면 우울만이 남아서 저승꽃을 피우는

너는
一   알까

흑백영화 같은 밤 가슴속을 헤집는 폭풍우 속에
끝까지
손잡고 가 보자 잊었던 다짐 속에

내가 심은 나무는 너를 생각하며 자랐다는 것을

산책

올해도 봄꽃들은 내린 눈을 헤치고 산책길 질러왔다가
서둘러 갔던가! 풋풋하게
자란 오월, 풀잎들이 그 성미 급한 순수를 덮어 주었지

인기척에 놀란 고라니 뛰는 사이 발에 밟힌 나뭇가지 사이
비명을 지르며 쓰러지는 풀꽃들과 풀잎 사이 흐르는 계
곡물과
계곡 사이 산길을 걷다 흘린 땀을 씻는 사이

추풍령휴게소에서 밀짚모자 쓴 수녀를 만났지

충청북도 영동군 상촌면 산골짜기 지통마
호미처럼 등이 굽은 김을분 할머니가 안 가겠다 떼를 쓰는
외손자를 잡아끌다시피 하고 집으로 가던

흙먼지 길도 팔팔 끓는 팔월이었지

놋수저가 감자 속을 긁는 사이 감자는 진물 같은 살만 남
아서
감자전이 되는 사이 남아 있던 가마솥의 아린 맛을 아련

하다고 느끼는 사이

　가을비에 붙들려 머문 그 집 뜰에도 분꽃이 피어 있었지

　귀뚜라미 잊을 만하면 우는 밤 부엌엔 산책길에 만났던
담배와
　소주 한 병의 그림자가 어떤 여인의 초점 잃은 눈빛처럼
보였고
　아직도 기억하네만

　서리가 내려앉은 머리카락은 산길에서 만난 억새 같았지

*충청북도 영동군 상촌면 산골짜기 지통마: 영화 「집으로 가는 길」 촬
영지.

가로수 혹은 풍선 사이

—

당신의 귓바퀴에 매달려 운다 윙윙 뼈를 가는 소리다 너희는 상처를 이야기하라 달리는 차 안에서 손가락이 발가락이 되도록 비비며 달려도 개는 개구멍을 빠져나오지 못하고

도로 위의 모든 소음과 굉음은 비상구를 찾지 못한 사람들이 내뱉는 소리다 그 속에서 우왕좌왕하는 당신은 죄인도 아니면서 고개를 떨군 해바라기 반성의 시간 속에 날기를 포기한 풍선

아직 부려 놓아야 할 짐 많이 남아 있고 뜬구름 잡겠다고 길가에 서 있는 아인 불안하기만 한데 루프탑에 몇 개의 태양을 풀어 놓고 빌딩 밖을 걷던 바퀴들은 왜 늘 굴러다녀야만 하는지 가로수와 가로수 사이

삐걱거리는 무릎에 구리스를 처바르고 병원 문을 나서던 리어카처럼
귓바퀴에 매달려 울던 아이 얼굴을 씻기고 밥을 먹이고 재우다 보니,

—

날기를 포기한 풍선이나 고개를 떨군 채 반성의 시간을
보내던 해바라기도 시푸른 가로수와 가로수 사이 혹은 풍
선과 풍선 사이 부푼 가슴을 안고 달리던 당신의 꽃들은
떨어져도 계속해서 다시 태어나고

준치

몸에서 비늘을 떼어 낸다 비듬을 털어 내듯
떨어진 비늘 조각들이 가쁜 숨을 내뱉는다 난생(卵生)처음
담배를 피워 문 듯 뻐끔뻐끔 입을 벌리는 참붕어와
잉어 대신

방구석에 처박혀 티브이 리모컨이나 만지작거리던
자식을 그래도 준치는 썩어도 준치라고
큰물에서 살다 보면 언젠가는 이름값을 할 것이라고
피붙이 하나 없는 서울로 보내 놓고

새벽같이 어시장으로 달려가던 리어카 대신
그물망에 갇힌 가물치와 메기의 부릅뜬 눈에서는
히말라야 설산을 넘어온 흰눈썹황금새가 보이고
가시만 많은 준치의 비늘 많은 어미도 보인다

눈치껏 살자던 눈치의 눈으로
물비린내 나는 세상에서 또 하나의 세상으로 태어나
밤을 새는 쇠물닭과 해오라기 대신
노량진 변두리에
둥지를 튼 고시원엔 그물망에 갇힌 어부가 보이고

준치의 눈에서는

늦은 밤 어미가 먹던 알약이 뚝뚝 떨어진다

물고기와의 하룻밤

너는 아무 말도 하지 않았지 물안경을 쓴 물고기를 따라 갔으나 물속에선 살 수 없는 물고기 너는 오늘도 부재중이었고 전화기에선 계속 파도치는 소리가 들렸지 타이레놀인가 먹고 나는 잠을 자는데 누가 따귀를 때리고 목을 조르는지 갑자기 열이 나고 숨이 차서 죽을 것만 같은데

문득 물고기를 좋아하는 여러분도 살을 발라 먹고 가시만 남은 뼈에 대해 안됐다 순간이라도 없으셨는지 잠수복을 벗고 지금 죽어도 서운할 게 없는 얼굴을 하고 살아서 팔딱팔딱 뛰는 물고기를 보다가 마음이란 게

그러니까 미구에 나는 횟집을 나와 무작정 달리다가 어느 바다 깊은 곳에 가라앉은 차 한 대 나는 아무래도 전생에 뼈만 남은 물고기의 자식인지

캄캄하던 물고기자리에도 지느러미를 단 별들이 추억처럼 깜박이는데 오늘은 아침부터 저녁이 늦는구나 밥을 먹기 전에 물안경을 놓고 절은 못 해도 잠수복을 품에 안고 촛불은 켜 놓아야겠지 파도치는 전화기 속의 너는 아무래도 차 안의 나인 것처럼 없던 말참견을 다 하고

연산홍

푸른 가로수길 지나 건널목

빨간불이 켜진 도로 건너

양철집 거리만큼 깜빡댄 지 오십 년

산홍아 부르니 눈가 붉어지고

아, 하고 머리 한 번
두 번인가 쥐어박았을 뿐인데

온몸 불붙은 듯 화끈거린다

제3부

물의 나라

날이 밝자 사람들이 모여든다 검은 옷에 검은 헬멧의 택배 기사 노란색 경고등과 푸른 신호등 사이를 거침없이 달릴 때 사방으로 흘러넘친 물들이 필사적으로 도로를 막고 있는 아파트를 꿀꺽 삼키고 출근길의 차들과 뒤엉킨 사람들 살던 집과 마을 학교와 교회까지 물에 묻힌 듯 모여든 사람들의 천 마디 만 마디 위로와 격려가 눈물 한 방울만 못해서 바다에 뛰어든 사람과 시신이라도 찾아 달라고 몇 년 몇 달 비닐로 만든 텐트에서 살다가 스스로 목을 매고 더러는 독극물을 마신 사람들 그래도 살아야 한다고 하늘을 베고 눕거나 길바닥에 앉아서 눈물바다가 된 물의 나라 무책임과 분노로 꽉 막힌 하수구 같은 세상 뒤룩뒤룩 살이 붙은 몸에서 시체 썩는 냄새로 흘러가는 세월은 눈물 없인 볼 수 없는 사건과 사고로 점철된 날들 명경처럼 맑은 제 심장을 삼키는 방식으로 무릎 꿇고 두 손을 모은 기도로 거듭나는 형식으로 날이 밝자 오늘도 물 밖에선 급브레이크 밟는 소리 응급실로 가는 구급차의 경고음을 가로막는 쇼핑센타 수심(愁心) 깊은 푸드코트 넘쳐서 붕괴된 오열마다 시커멓게 이끼가 낀

65

못다 쓴 일기
—적산가옥

누군가 등을 두드렸기에 나는 등을 돌렸다 등 뒤에는 아무도 없었다

집 앞에는 당구장이 있었다 당구장을 바라보며 큐대처럼 차려 자세로 있던 나는 다가올 여름을 걱정하며 경찰서가 있는 길을 지나 물가를 걸었다

혹시 또 무언가 잘못된 일이 벌어지고 있는 건 아닌지 등을 두드린 누군가는 여전히 보이지 않았고 몸은 물에 들어가지 않았는데도 젖어 있다

확인할 수 없는 불안과 공포 속에 옷을 벗어 경찰서 앞에 버리고 알몸으로 집에 왔다 누가 누웠다 간 것처럼
군대용 접이식 침대가 따뜻했다 이젠 정말 의심할 수밖에 없는 일이 벌어졌다

엄마를 찾다가 목이 말라 냉장고 문을 열었는데
오렌지주스와
내가 좋아하는 라면과 계란이 칸칸마다 들어 있다

발가벗은 채 등을 구부리고 새우잠에 들던 나는 누군가의
기침 소리에 문을 열었는데 기다리던 엄마는 보이지 않고

빠알간 당구공 하나가 열린 문을 통해 들어오는 여름이
었다 여름이 다 가도록 텔레비전 뉴스는 실종된 사람들을
찾았고

계란 노른자위 같은 석양은 집 앞에서 사라지지 않았다

번개

안방이었다

너는 몇 번이나 누굴 죽일 만큼 미워한 적 있느냐
번쩍이는 칼을 품고 잠든 적 있느냐

닭이 우는
새벽이었다

알러지

툴툴거리면서도 읽는 문장이 있다
불빛 바뀌는 신호등 앞에서 태양은 얼음 속에 있고
촛불의 안부가 궁금한 건 저무는 거리뿐
하얀 갈기를 휘날리는 파도가 부표를 뛰어넘고
방파제 멱살을 잡고 흔들 때 양팔을 펼쳐 봐 바다를 향해서
힘들지 않으면 그게 어디 사는 거야
속이나 풀어 술국 끓여 놓았다
케이크 속에 들어 있는 봄은 개에게나 주고
잠에 취한 침대의 중얼거림에 식품알러지로
소화장애를 겪던 한 여자가 기어코 다가가듯이
파도에 휩쓸린 모래를 베고 누운 저녁이면 물집 터진
사막의 말발굽 굽이쳐 달려오고 멀리서
별들은 여전히 우리에게 어떤 관심도 보이지 않을 때
얼룩만 남은 침대보를 벗기면 침대는 어떤 모습일까
교미 중인 개를 보고 온 날처럼
내 바람은 지난 일은 깨끗이 잊는 것
참을 수 없게 자잘한 문장에도 가려움을 느끼는

*교미 중인 개를 보고 온 날: 김미령의 시 「섬유」에서.

69

최후의 만찬

一   이혼하는 부부를 위한 저녁 식사 공항으로 가는 전철과
     롯데월드를 짓기 시작한 쯤이라든지

     블랙홀을 발견한 후거나 자식들이 태어나기 전

     저 집 정원에는 왜 마릴린 먼로나 비너스 같은 조각상밖에
     없을까
     가시덩굴이나 철조망이 더 어울릴 텐데

     가정방문을 위한 수색영장이 발부되고
     짖어야 할 개들이 꼬리를 살랑살랑 흔드는
     이 엄연한 현실에

     슈퍼맨 복장의 셰프가 등장한다 이혼 전문 변호사와
     기타 치는 양고기 하모니카 부는 소스에 눈물로 버무린
     파김치
     바람피우던 닭고기와 아직도 살아서 식식거리는
     참치를 식탁 위에 올려놓고 최후의 만찬을 즐긴다

__   배심원들이 주문한 이혼에 관한 서류는 법원 창구에 접

수도 안 됐는데
  롯데월드를 짓고 축하 공연을 열 때였나 아침 햇살을 안고 달리는
  전철이거나 공항에 도착한 뒤 발견한 자식들의 출생신고서거나

  블랙홀을 빠져나온 별들이 슬리퍼를 질질 끌고
  화장실이 있는 터미널로 들어간다

  아직 잠옷 차림인 방청객들은 어이가 없다고 기가 막혀서 잠도 안 오고
  말도 안 나온다고 국회의사당 밖에서 피켓을 들고

덜컥

이렇게 많은 꽃을 품고 있다니
한겨울 주방 구석에서

만삭의 임산부로
무화과는 얼마나 무서웠을까?

살을 에는 추위가 살 속을 파고들 때마다

따뜻함만을 찾던 내 몸
어디 온실 같은 곳이 있겠는가?

생각도 없이

떨고 있을 무화과를 덜컥 베어 물고 보니
꽃들은 피투성이
언젠가 하혈한 아내의 그것 같아서

몰인정한 나는
피투성이 단맛을 삼키지도
뱉지도 못하고

처음 겪는 부끄러움과 죄책감으로
고인 침만 꿀꺽, 꿀꺽 삼키는데

새끼 밴 고양이 슬금슬금
곁에 와 앉는

프리즘

一 빙하가 흘러든다 벗었던 등산화를 찾을 때마다
   수족관은 비어 있고 창밖의 설산은 병풍처럼 펼쳐져 있다

   주위에는 히말라야철쭉을 배경으로 찍은 악우(岳友)들의
   사진과
   배낭을 메고 로프를 챙기던 후배뿐인데

   간절한 그리움처럼
   최초의 보고픔처럼
   입술 뻐끔거리는 물고기들

   빙벽을 오르다 산사태를 만난 듯
   설산에 갇혀 있다 풀려난 해일이 밀려오는 듯

   흘러든 빙하 속을 헤엄쳐 강과 숲이 몰려온다 활짝 웃는
   꽃들 속에
   수족관에 걸려 있던 메두사의 뗏목이 보이고
   강가를 끼고 끝없이 펼쳐진 숲속에는 구급차가 달린다

二 화실 건너 빌딩 유리 벽에 붙어 떨어질 줄 모르는 나의

74

모습, 굴절되고
  곡해돼서 79층 빌딩 위를 헤엄치고 빙하를 거슬러 오르
는데
  어떤 층은 그리던 사람의 집 같고 어떤 층은 즐겨 찾던
갤러리 같고 또
  어떤 층은 이직을 하려던 사무실인데

  후배와 같이 설산을 오르던 나는 며칠 굶은 잠인가
  랑반데룽을 겪은 후유증인가

  꽁꽁 언 어둠을 깨고 얼굴을 내미는 태양처럼
  수족관에 있던 누군가 차갑게 귀엣말로 외친다

  설산은 빌딩이다

*랑반데룽: 등산에서 짙은 안개 혹은 폭풍을 만났을 때나 밤중에 방향
감각을 잃고 같은 지점을 맴도는 일.

달리는 사막

나는 수혈증 환자다

내가 목이 마를 때 그래서 물보다 먼저 혈육이 나를 끌어당기는지도 모른다 청주 근처 북일면 외평리 그녀 집 과수원에는 피보다 진한 우물이 있었다 나는 그 우물 속으로 들어가 내 이름을 달리는 사막이라고 바꾸고 싶었다

어린 시절에도 피를 나눈 가족들의 서사에는 관심이 없었지만 목도리도마뱀이 살고 있는 사막에 대해서는 알고 싶은 게 많았다
목도리라는 말은 듣기만 해도 따뜻했으므로 도마뱀이 사는 호주 북부와 뉴기니 남부로 가는 지도를 펼쳐 놓고

이놈의 자식 공부는 안 하고 회초리를 든 엄마가 가방을 뒤지고 책장을 넘길 때면 나는 언제라도 목도리도마뱀처럼 잽싸게 달려가 그녀의 우물 속으로 숨는 법을 배웠다 우물에는 언제나 맑은 피가 솟고 투명하게 살아서

그래서일까 그녀가 떠 준 목도리를 두르고 수혈을 받기 위해

병원을 찾는 나는 지금 한겨울 과로로 쓰러진 택배 기사다

나를 쥐 잡듯 하던 엄마는 판사나 의사가 되길 바랐지만 함박눈 밤새 내려 수혈이 필요한 길은 길임을 하얗게 잊은 듯 길가 나무들 뼈만 남은 서로의 핏줄처럼 서 있고 지금은 흔적도 없는 그녀 집엔 사막을 달리던 이름만이 남아서 과수원 우물 속을 드나든다

이건 또 뭔 소린지

—

핸드폰을 보며 거실에 누워 있다 라면을 끓여 먹고
이 층으로 올라가다가 다시 주방으로 내려갔다
가스 밸브는 잠갔는데 잠근 생각이 안 나서

햇살이 불어 터진 라면 같던 날이었다 화장실 변기에 앉
았는데
일 층에서 낯익은 사람 칭찬하는 소리가 들려 이십 분 넘게
나가지도 못하고 구린내를 맡다가

물을 내렸다 라면 끓는 소리다 왜 오늘따라 물 내리는 소
리가
라면 끓던 소릴까 생각도 없이 담배를 피워 물고
화장실 문을 나오는데 문이 잠겼다

아이들 방에 있는 열쇠가 생각나서 이 층으로 다시 올라
가야 하는데
현관문은 열려 있고 거리에는 사람들이 고개를 숙인 채로
다닌다
뭔가 죄지은 게 있거나 얼굴 들 수 없는 일이 있는 것처럼

—

핏발 선 눈으로 간밤을 보내고
라면으로 아침을 먹다 생각하니

이게 다 집사람과 다투다 홧김에 큰 집에 든 빚 때문은
아닌지
아이들 학원비도 내야 하는데 뒤척이다 헝클어진 머리로
주방을 나와 출근을 서두르는데

마지막 기회입니다 더 이상 파격적인 가격은 만나실 수
없습니다
ARS 전화를 이용하시면 만 원 더 할인받을 수 있습니다
어디선가 들려오는 이건 또 뭔 소린지 누구한테 하는 말
인지

깜보

—

깜보가 저보다 희고 곱절은 큰 개를 데리고 왔다 세상에 다섯 마리나 되는 새끼들은 어떡하라고 또 서방질이래 동네 아줌씨들 눈살을 찌푸리고 혀를 찼지만 깜보는 아랑곳 않고 흰 개를 그림자처럼 달고 다닌다 평소 깜보가 좋아서 미치도록 좋아서 똥오줌까지 받아 내고 닦아 주던 주인 여자는 속에 열불이 날 일이지만 깜보는 주인 여자가 주는 뼈다귀나 장난감 껌까지도 큰 개에게 양보하는 것이었다 그런 깜보를 보고 또 사람들은 열녀가 따로 없네 춘향이가 따로 없어 손사래를 치고 비웃고 깔깔거렸지만 깜보는 보란 듯이 꼬리를 살랑살랑 흔들며 저 저 남 말 하기 좋아하는 인간들은 네가 파양당한 내 새끼인 줄 알면 뭐라고 말할까 그때는 또 잘 알지도 못하는 사실을 사실처럼 함부로 지껄이고 다닐까? 큰 개의 흰 얼굴을 물고 핥다가 발라당 배를 보이며 눕기도 하는 것인데 주인 여자는 그게 또 좋아서 다섯 마리 새끼들과 사료통을 들고나와 마당 한가운데 놓고

—

지구는 둥그니까

　아침을 먹는데 월말 실적 보고서를 보며 먹는데

　민망할 정도로 돼지고기를 가득 담아 내 앞에 놓아 주던 얼굴

　볼수록 화가 나는데

　신사동인가 퇴근길에 만난 얼굴

　마담 얼굴이 예쁘다고 값비싼 밍크코트를 들고

　우리를 술집에 데려간 그 얼굴이 부러운 건 왜일까

　지구는 둥그니까 둥글게 살아야 한다며

　새벽부터 문 앞에서 골목까지 환하게 웃던 얼굴

　그 졸음 겨운 얼굴을 봐서라도 웃고 살아야 하는데

　언젠가 판촉 나온 백화점 앞에서 홍보용 물티슈를 건네듯

　용돈을 쥐여 주던 얼굴 누굴까

　사무실 책상 위에 명함처럼 떠오르는 얼굴 열에 열은 버스를 타고

　지하철을 타고 인파 속을 파도 타듯 드나들던 얼굴인데

　이 새끼야 그렇게 살지 마!

　누가 눈초리로 때린 날은 술에 취해서도 먹고

　어느 날은 홧김에도 먹는다

　먹다가 목이 메는데도 꾸역꾸역 먹는다

바나나로 인한 빨간 고추의 모노드라마

—

껍질을 벗겨 내고 뭉그러진 몸뚱어리를 보세요 저렇게
시커멓게 물러 터지기 직전의 살을 보고도 군침이 돈다면
눈살을 찌푸린 당신의 진심은 야하면 야할수록 좋다는
겁니다

다이어트하는 사람들이 바나나와 우유를 즐겨 찾는 이유
는 왜일까요
헬스장을 나온 바람의 목적지가 있다면 포르노 촬영장이
거나
러브호텔일지도 모르죠

풋고추는 싱싱한 것일수록 좋다는 것도 본심을 숨긴 성적
욕구의 하나라고
저는 생각합니다만 익을 대로 익어서 가루가 될 날만 기
다리는
누구는 먹는 것 가지고 장난치면 벌 받는다 벌 받어 할
수도 있겠습니다만
또 누구는 관점의 문제이거나 하루의 쓸모를 잊은 채
갈수록 심화(心火)하는 불면증 탓이라고 할 수도 있겠습니
— 다만

껍질을 벗겨 내는 것이나 먹자고 깨끗하게 씻으려는 것
이나
성추행의 시작이고 강간의 전조 현상일 수 있다는 것입
니다
계절에 상관없이 장소에 관계없이

먹을 것을 보면 그게 무엇이든 입맛부터 다시는 당신의
습성으로 볼 때
불편한 진실은
그대의 지칠 줄 모르는 물욕을 봐도 그렇습니다

프로시니엄

一

어떻게 하면 레퍼토리를 바꾸고
단원들을 교체하게 할 수 있을까?

조명은 눈을 감아도 눈이 부시고 소리는
귀를 닫아도 쩌렁쩌렁 울리는 무대에서

이건 뭐지 싶게 이해가 안 되는 노래를 부르다가
이 탓 저 탓 탓만 하는 합창단들

이 팀 저 팀 할 것 없이 반복되는 불협화음과
주법(奏法)을 조율하고 파트별로
화합을 모색해야 할 지휘자는 보이지 않고

지칠 대로 지친 관람객은
잠에서 좀체 깨어날 줄 모르는데

열을 올리던 응원단도 흥분해서 멱살을 잡는
소리만 지를 뿐 합창단과 다를 바 없는데

—

먹고살기 바빠 관람은 못 하고 TV로 보거나

그것조차도 볼 수 없는 삶들은 지금 어떤 마음일까 —

*프로시니엄: 무대와 객석 사이의 뚫려 있는 벽.   ——

밤길

一 그날도 내분에 휩싸였다
사는 게 사는 게 아니었다
기차역에서 버스를 기다리는 것처럼
버스터미널에서 기차를 기다리는 것처럼

해바라기는 왜 한사코 고개를 숙이려고만 하는지
너는 아끼던 화분을 집어 던지고

내린 비 위로 내리는 비처럼 나는
밤길을 걷다 갈 곳을 잃고

순간 웃었다 배신당한 유언처럼
어떤 햇빛도 달빛도 무의미해진 지금
세상은 보고도 못 본 체했고
이웃들은 죽어도 죽은 게 아니었다

내분에 휩싸인 채 여의도 벚꽃길에 있다가
쌓던 탑이 생각난 듯 너는 선잠에 얼굴을 묻고
사랑했다
一 말 대신 석고처럼 굳은 케이크에 촛불을 켜 놓고

이젠 무얼 할까? 깨진 거울 앞에서
안간힘으로 망각을 찾던 겨울이었다

*배신당한 유언: 밀란 쿤데라의 『배신당한 유언들』.

간(間)

찰나라고도 하지

설렘과 떨림 사이

그대와 나

눈물과 한숨 사이

꽃잎을 쥐고 흔드는

바람과 바람 사이

눈 깜짝할

이승과 저승 사이

제4부

졸음을 견딘 눈꺼풀처럼
—욕지도에서

몽돌들이 말줄임표로 밤을 견디는 밤

섬을 깨우던 성당의 종소리
새벽같이 어부들을 불러내면
졸음을 견딘 눈꺼풀처럼
바다는
서슴없이 말줄임표들을 먹어 치우곤 했다

물질하던 친척 누님처럼
가늠할 수 없는 무게에
말문을 잃은 별은 파도에 무릎 꿇고
노랗게 피를 흘리고

가출

끈 떨어진 가방은 남루했다

순대집과 포장마차가 이마를 맞대고 사는 시장 골목이었다
달에서 떨어진 것 같은 민머리 하나가 광견병에 걸린 듯
사납게
천천히 집으로 가는 나를 본다

학생 군부대 가는 길이 어느 쪽인지 혹시 아는가 묻듯이
우기로 접어든 세상은 잘살아 보자 핏물 든 머리띠를 두
르고

배울 건 많은데 뵈는 게 없는 팔다리들이 답을 찾아 풀밭을
헤치고 다닌다

자립을 핑계로 툭하면 집을 뛰쳐나가 굶기를 밥 먹듯 하
면서
내가 사경(死境)이라는 단어를 몸으로 익히는 동안

가난한 것들은 왜 눈마저 가방 안에 놓고 끈이 짧다고 아
우성일까?

강 건너 풀밭에서는 길에서 멀어진 손들이 울고
깁스를 한 채
자전거를 탄 어깨는 가던 길을 멈추고 교회 앞에서 하늘만
쳐다본다

양 떼를 몰고 초원을 달리던 꿈만이 숙제처럼 남아서
가방을 찾은 손들이 귀가를 서두를 때였나! 전쟁영화를
보던 학교 앞에서
쇠창살 같은 비에 갇혀 있다가

친구 엄마가 삶아 준 고구마는 너무 뜨거워
입술을 데긴 했어도 맛있기만 했는데

통영

一   그녀는 음악당부터 찾았다

뱃사람을 거쳐 온 바람이 비릿하고
짭짤한 입맛을 돋게 하던 때였다

내색은 안 했지만 나는
처음 음악당을 보았고 그녀는
몇 번 음악당을 만난 것 같았다

우리 이 근처에서 며칠 묵었다 갈까?
귀밑에까지 벚꽃 핀 그녀 말에

통영 하면 가자미쑥국이지 꽃 하면 생각나는
김춘수 시인도 좋아했고 백석은
허겁지겁 먹다가 목구멍에 가시가 걸려서

명경처럼 맑고 푸르던 하늘은
금방이라도 비가 올 것 같았다

一   짭짤하게 입맛을 다시게 하던 바람이

커피를 마시던 그녀의 눈에 들어갔는지

카페는 공연을 보러 온 사람들로 붐볐고
귀밑에까지 벚꽃이 피었던 그녀
그만 가요, 웃으면서 일어섰지만

눈빛은 이파리 하나도 살 수 없는 봄이었다

청주로 오는 내내
잔뜩 찌푸린 고요는 밀물처럼 차오르고

오늘도 어제처럼

—

핸드폰이 보내는 신호는 사람을 멈춰 서게 한다 입에서 입을 타고 커져 가는 소문처럼 나는 고향에 가 본 지 오래였고 혹시 제 역할이 깡패인가요? 꼬르륵 배고프다는 신호가 식도를 타고 올라오면 간밤에 뒤척이던 몸짓은 무대 밖에서 몇 번이고 실감 나게 주먹을 휘둘렀다

안 가겠다는 여자와 이제 그만 오라는 여자 사이에서 슬픔이 물구나무서기하고 있을 때 초코우유를 먹던 아이가 문 앞에서 들어오라고 손짓으로 신호를 보낼 때

연기는 처음이지? 이번엔 칼을 들고 강도 역을 해 보라고 강도같이 생긴 감독이 은행이 있는 무대 뒤에서 계단을 오르내린다 당장 배가 고픈 나는 칼을 빼 드는 시늉만으로도 살려 달라고 밥이라면 언제라도 해 주겠다고 그런 역할을 실제로 할 여자를 만나고 싶은데

애인도 없이 세상을 살다 보면 안다고 누구는 명품 가방과 옷을 걸치고 호텔에서 커피를 마시는 역을 마다할 것 같냐고 할 수만 있다면 나는 실제로 강도질을 할 수도 있다고 그 옛날 변두리 극장에서 보던 영화처럼 핸드폰을 보

면서 오늘도 어제처럼 감독이 보내는 오케이 신호를 기다
린다 바닥에 떨어진 칼을 주워 들고   —

                                                              —

억새, 여름 이후

—희규에게

ㅡ

늘 궁금했다 감당할 수 없는 바람에도
우레를 앞세운 폭우에도 허리 꼿꼿하던 네가
바라고 빌어 왔던 모든 게
국화가 밟고 지나간 집에 피던 과꽃이나
뙤약볕 아래 낫질하던 농부들의 불춤 같아서
걸핏하면 들에 나가 온종일 울어 본 기억만 있고
울어 본 적은 없다던 네가

사냥꾼은 보아라 광장을 날던 새들을 위하여
이토록 아름답고 끔찍한 장총 앞에
열아홉 코스모스 같은 여인이 쓰러지고
수천수만 누군가의 꿈 얘기를 들어 주었을
저 별은
남북으로 갈라진 땅 구름으로 떠돌다가
땅의 한쪽 발목에 무릎 꿇고 입을 맞추다가
흐르는 강물 속에 숨어 웃고 있구나

눈만 뜨면 농성을 해야 하고
한쪽에선 분신을 해야 사는 세상에서 기억 없는 기억이
ㅡ 될 때까지

억새밭을 거닐며 풀벌레 울음 더듬다가
쓴 편지인지 낙서인지

노모와 살던 집을 나와 서슬 푸른 들이 되던
네가 한 마리 광장을 나는 새가 되었는지
집 앞을 흐르던 강물의 굉음 속에
절해고도 어느 섬의 섬이 되었는지 오늘도
안부조차 알 길 없는 네가 흘린 눈물인 듯 땀인 듯
눈길 닿는 곳마다
이슬방울 방울방울 맺혀 있는 들녘

못 다 쓴 일기
—사슬

계단이 무섭다고 했다 나이 삼십도 안 된 여자가
점점 더 계단이 무섭다고 했다

나는 이 층 높이의 계단이라도 오르고 보자
책상 앞에서 다짐을 하고 또 다짐을 하고 있었는데
애드벌룬 같다는 말을 들었다

반지하에서 살던 여자도 그때는 야식까지 챙겨 주고
새벽이면 샌드위치와 커피를 끓여 오는 지극정성이 따로
없기도 했는데

내가 좋아하는 높이의 계단은 어디쯤일까 상상도 못 하
면서
일기장은 자꾸 페이지를 넘기고 애드벌룬은 달처럼 작아
져서
불던 풍선만 했다

시험을 앞두고 현실을 너무 많이 읽은 탓인지!

여자는 여전히 계단이란 말만 들어도 다리가 후들거리고

언제부턴가 목을 옥죄는 사슬 같다고도 했다
못다 쓴 일기를 쓰듯

삼십도 안된 여자는 도서관에서 만난 누나였으며
우리는 9급 공무원 준비 중이었다

여우비

소나기를 피해 가까운 미술관으로 달려갔다
이어폰을 끼고 도심 한쪽 소음길을 걷다가

진주 귀걸이를 한 소녀에 꽂혀 빠져 보는데
황소 뿔에 사슴 눈을 한 여인이 긴 목을 칼처럼 빼 들고

내가 너를 데려가리라
어떤 구실과 변명으로도 감당이 안 되는 너를 위하여
한겨울에도 등짐을 지고 구슬땀을 흘리던 사람을 잊었느
냐?
불행한 일에 대항하는 것은 일에 열중하는 것이다!

베토벤이 하던 말을 귀 아프게 외치기 시작했다
나는 진주 귀걸이를 한 소녀가 어릴 때
무릎베개하고 누웠던 누나 같아서 좀체 빠져나오지 못하고
오히려 점점 더 빠져 있는데

소나기는 내려친 칼에 잘린 듯 멈췄고
퍼붓는 비에 침묵하던 미술관은 나를 쫓아냈다
일자리 찾아 거리로

거리로 쏟아져 나온 사람들과
여우비 내린 길을 다시 걷게 했다

거짓말처럼 태양의 그림자가 도심 속을 떠돌다 베일을
벗는
한낮이었다
귀를 자른 반 고흐가 절로 생각나는

깃털만 남아서

유리관 속 새 한 마리
나와 눈을 맞추고 손가락 같은 깃털로는
TV 리모컨을 쿡쿡 누른다 화면 가득 화창했던 봄날은 가고
새는 사내를 웃음 짓게 하고
눈물 나게 하던 드라마처럼 새끼를 안고 업고
출구를 찾아 돈다 갈까마귀 같은 어둠 속에
마을버스를 타고 환승 열차를 타기도 하면서 늙은
두더지는 땅속을 드나들고
새벽부터 토끼뜀을 뛰던 사람들은
귀를 쫑긋 세우고 엘리베이터가 있는 회전문 속에서 빙빙
돈다

놀이공원 목마처럼 수영장의 풍차처럼
계절도 없이 맥락도 없이 돌아가던 드라마는 끝이 났는데
갈까마귀 같은 어둠 속에 새끼를 안고 업고
출구를 찾던 새는 지금 어디 있을까

젖먹이 자식을 두고 하늘로 떠난 당신처럼 밤을 밝히던
찔레꽃과 달빛 향이 여태도 코에 맴돌아 오늘도
소독내 나는 병실 가득 화창했던 가로수만 진초록빛이다

마을버스를 타고 환승 열차를 타기도 하면서
일자리를 찾아다니다 늙은 두더지는 땅에 묻혔는지
간데없고
시험관을 두고 어디론가 떠날 수도 없는
나는 대물림한 사랑과 싸우는 링이랄까 TV 속 영화처럼
유리관 속 새처럼 손가락 같은 깃털만 남아서
옥탑방 창문엔 없던 깃털 하나 머리핀처럼 붙어 있고

숲이 숨어 있는 나무

一

나는 나무 오랜 아픔으로
꽃들의 심장 소릴 듣다가 누가 숨어 있는 숲인 줄도 모르고

파란 지붕 속의 내 몸이 흔들려서 싹을 틔운 잎들은
나비처럼 꿀을 찾아다녔으므로
어떤 맹세는 그루터기 쌓이는 빗방울로 이해되었고

당신과 나눈 말들은 꽤 오랜 시간이 지나서야 알 수 있었다

즐겨 쓰는 향수 때문에
바꿔 입는 옷들 때문에
살 속을 헤집던 바람은 당신을 건너고

나는 오래 앓다가 하마터면 심장이 멎을 뻔했다

명자꽃 할미꽃 미스김라일락 같은 꽃들이 에워싼 어느
위스키 바였다
봄이 오기 전 겨울처럼
당신은 속내를 감추고 안녕이란 말만 되풀이했으므로
붉게 열꽃 핀 얼굴은 누가 숨어 쉬는 숲인 줄도 모르고

一

나는 산속을 헤맸다 꽃들의 심장 소릴 듣다가 짝을 찾는
나비처럼
넘치는 설움을 허공에 날리며
고향집 개울 너머 찬바람만 부는 들판에서

숨만 쉬는 나무가 돼 있었다

나도샤프란

낯익은 새가 날아와 벤치에 앉아 있다
한 송이 떨어진 동백꽃처럼
있다
훌쩍, 어딘가로 날아갔다

또 날아왔다
또 날아갔다

어디 장례식장에서 밤샘이라도 하다 온 듯
역겨운 향내를 풍기며

내게로 왔다 네게로 갔다
네게로 갔다 내게로 왔다

말을 잃고 눈을 잃고 보던 책마저 못 보게 되면 어쩌나
창가에 있는 나도샤프란과 같이 독서실에서
밤과 낮을 잊은 채 걱정만 하다가

너를 찾아 신촌에 있는 학교에 가던 날이었을 것이다

어깨동무한 듯이
이름 모를 꽃들이 담을 이룬 광장에
민머리 독수리 같은
일단의 새 떼가 낯설게 먹구름처럼 나타나
인근 학교와
네가 살던 해남 땅끝마을에까지

짙게 검은 그림자를 드리운 때였다

해변의 카프카

一

　아버지의 현금지급기에서 꿈을 인출한 소년이 제주행 배를 탄 뒤 실종됐다네 습관처럼 세상은 침묵했고 학교에선 독서실에 있던 소녀에게 소년의 안부를 물었다네 소나기에 황금 덩어리가 우박처럼 섞여 내리던 날 꿈길은 너무도 짧아 도로는 군데군데 끊기고 자동차는 길에서 한 발짝도 움직일 수 없었다더군

　오래전 소나기 타고 하늘로 올라간 미꾸라지 마당으로 마구 떨어지던 날이었대 멍석 가득 태평스레 몸 말리던 볍씨들 둥둥 골목으로 떠내려갔대 이를 알 리 없는 아버지 사랑채에서 씨나락 까먹는 공자 왈 맹자 왈 꿈에도 보이지 않던 어머니가 미꾸라지처럼 꿈틀거리며 사방팔방 씨앗을 찾아 뛸 때였대

　황금 덩어리가 우박처럼 떨어진 것에 대해선 관심 밖인 듯했으나 비 오는 날이면 사람들은 너나없이 하늘을 쳐다보는 버릇이 생겼고 제주로 가다 실종된 소년은 통영 매물도 어느 바닷가에서 섬초롱같이 해맑던 소녀와 꿈처럼 재회했다네 해변의 카프카를 읽던 친구들이 이미 닫혀 버린 꿈을 향해 아버지의 현금지급기를 찾고 있을 때

一

　카프카의 책들은 소녀처럼 사라져서 세상 눈앞이 캄캄한
오후의 일이었대 어느 더러운 바닥에나 떨어져 있었어야
할 황금 덩어리를 아버지의 사랑채에서 보았다고 꽉 막힌
도시를 떠나 모슬포 해변을 달리던 자동차가 소년을 만난
듯 말했다더군

*해변의 카프카: 무라카미 하루키.　　　　　　　　　　　—

녹턴

—

내게 온 모든 음악은 잡소리 아니면 소음이다

새로 태어나기 위해 우리가 할 일은 아무것도 없어 너의
눈 속에 우리의
사랑 속에 부를 노래는 새소리 물소리 꽃들이 목욕하는
알레그로 마 논
탄토 일 분 동안 숨을 멈춘

거실에는 텔레비전 침대 머리맡에는 핸드폰

밤을 베고 누운 여자와 남자는 말도 안 되는 말로 말다툼
을 하다 등을 돌리고
밥을 먹다가 미워서 서로의 그림자조차도 어딘가로 사라
지고 없으면 싶을 때
그러니까
악장과 악장 사이 쉼표랄까 침묵할 줄 모르는 내가 나를
피해
핸드폰을 끄고 슬그머니 텔레비전 속으로 들어가고 싶을
때

—

가끔은 귀를 자르고 눈을 닫은 채 히아신스 같던
옛 애인의 분내를 찾아가는
꿈들과 살을 섞고도 싶어

내게 온 모든 음악은 헤어지고 싶은 것들의 미래, 새로
태어나기 위해
우리가 뭔가를 찾아 헤맬 때 떨어져 소멸을 기다리는 꽃
들의 상처뿐인 과거
아니면 소심한 밤의 노래

일 분간의 멈춤 끝에 내뱉는 타령조의 푸념이나 넋두리
같은

병풍

병풍 한 점 얻었다
체불임금 농성장이 된 회사를 뒤로하고
움막 같은 집에서 창가의 낡은 서적들을 보고 있으면

산모퉁이 계곡이 끝나 가는 길목 어디쯤
새로운 집을 찾아간 사람도 지금쯤 창을 손보고 있겠다

계곡물에 뛰어들어 나올 줄 모르는 햇살을 만나고
들길에 멈춰 선 버스처럼
창에 차고 끈적한 것이 어른거릴 때

너는 내 일기이며 기도라던 그분은 알고 있으셨을까

겨우내 봄을 앓고 당신이 이별을 준비하는 동안
이사를 밥 먹듯 하던
이불 보따리엔 뿔테 안경과 당신의 묵주가 있었다는 것을
겹겹이 쌓인 불면 속에서

울음을 기억하는 문장들이 싸 놓은
이삿짐을 해방촌으로 다시 옮기던 날

이마를 때리던 바람은 불 꺼진 창을 흔들고
눈앞에는 188개의 계단이 병풍처럼 당신의 주름살처럼
하늘을 향해 있다

이후

─

돌담길이었다
긴 여름이 끝났어요 내가 갖고 싶어 하던
거울은 어디 있나요 그림자를 낙엽처럼 밟으며
그녀가 물었었다

가을의 입구에서 몸이 죽으면 마음은 어디서 살게 될까
저문 하늘을 끌어안고 별들은 축제에 눈이 멀어
사제의 검은 옷을 입었는데
말도 못 하고

한잔의 커피로 속만 끓이던 날이었다

사랑하지 않으면 아무것도 아닌 사람처럼
거울이 있는 화장대를 사 들고
이건 당신 겁니다 발등에 떨어진 단풍잎을 핸드폰에 담고

단풍나무와 은행나무가 춤을 춘다 지나치는 바람에도 속
삭인다
쏟아지는 가을비에 지난여름을 적시며

─

긴긴 여름이 다시 와서
마지막 남은 초에 불을 붙이고
거울을 찾던 그녀가 아이 셋을 키우는
이후가 될 때까지

단풍나무에 머물던 휘파람새는 갈대밭과 돌담을 넘나들고

도약

나는 네가 나라고 생각했다
오후 내내 오후가 없었다는 불안감에
하얗게 내린 눈을 머리에 이고 근무할 때다

누구 하나 딛고 올라설 발판도 없어
둥글게 원을 그리며 놀던 아이는
온종일 지구본 파는 가게를 찾아 돌고

나를 읽던 사람은 말줄임표로 있다가
언젠가부터 오지를 찾아가는 가이드가 돼 있다

회사에서 들고 온 서류와 책들을 모아 놓고
질식하기 전에 질책받는 기분으로
침묵할 때와 침묵을 강요받는 심정으로

공터에 홀로 남은 나는 이제 너로부터 멀어져
원을 도는 선풍기의 바람이라도 되고 싶다

지구본을 찾아 돌던 아이처럼
눈부셔 아픈 동공으로 빙판 위를 걷다

방에 갇힌 햇빛으로 창문을 두드리다
차갑게 식은 바람으로

이번 생을 더듬다가 칼라하리사막에서
8,586m 칸첸중가로 가는 롯지(lodge)에서
신열을 앓던 너처럼

정갈한 그리움이라도 되기 위해

지갑에서 꺼낸 스무 살
—오월

사람들이 떨어진
꽃들을 밟고 지나갑니다

길가에서
도심 한쪽 공원에서
소리도 없이

피어 있는 꽃들을 보겠다고

철쭉과 모란을 이팝나무와
장미를 찾아온 사람들이

밟히고 밟혀서 이제는
꽃이라고 할 수도 없는 꽃들을
또 밟고

또 밟고 지나갑니다

어제도 또
어제도 또

불화하는 세계와 서정 이후의 서정

오민석(문학평론가)

1.

한명희는 서정시의 오랜 전통을 허문다. 한명희에게 정서적 동화작용은 거짓으로 다가온다. 그가 볼 때 어떤 대상도 주관성에 동화되지 않는다. 주체가 대상을 자신과 동일시할 때, 대상은 이미 다른 곳에 가 있다. 한명희의 시들은 서정시의 오랜 문법에서 멀리 벗어나 있다. 그가 볼 때 독자에게 자신과 동일한 감정이입을 요구하는 것은 착각이다. 어떤 꼬심에도 독자는 현혹되지 않는다. 독자는 저마다 다른 생각과 정서를 가지고 있다. 공감이란 동일한 감정의 일시적 소유에 지나지 않는다. 한명희는 독자에게 공감을 요구하지 않는다. 그가 볼 때 예술의 역할은 공감을 구걸하는 것이 아니라 문제를 제기하는 것이다. 베르톨트 브레히트(B. Brecht)가 '소외 효과(alienation effect)'를 통해 관객들에게 그랬던 것처럼, 한명희는 독자가 자신의 시에 아무 생각 없이 매몰되는 것을 원하지 않는다. 브레히트의 서

사극처럼 한명희의 시들은 관객(독자)들을 무대(텍스트) 밖으로 자꾸 밀어낸다. 그는 독자가 수동적 소비자가 되어 공감의 늪에서 허우적대는 것을 원치 않는다. 그러려면 시인은 독자의 감정이입을 막고 독자를 텍스트 밖으로 계속 밀어내야 한다. 그래야만 독자는 그가 배열한 문장들을 보고 따지기 시작할 것이다. 한명희는 예술이 도달해야 할 곳이 바로 이 지점이라고 본다. 예술은 일방적인 명령의 전달도, 수동적인 감동·감화도 아니다. 예술은 그것을 향유하는 자의 딴지 걸기가 발생하는 자리에서 시작된다.

누군가 등을 두드렸기에 나는 등을 돌렸다 등 뒤에는 아무도 없었다

집 앞에는 당구장이 있었다 당구장을 바라보며 큐대처럼 차려 자세로 있던 나는 다가올 여름을 걱정하며 경찰서가 있는 길을 지나 물가를 걸었다

혹시 또 무언가 잘못된 일이 벌어지고 있는 건 아닌지 등을 두드린 누군가는 여전히 보이지 않았고 몸은 물에 들어가지 않았는데도 젖어 있다

확인할 수 없는 불안과 공포 속에 옷을 벗어 경찰서 앞에 버리고 알몸으로 집에 왔다 누가 누웠다 간 것처럼
군대용 접이식 침대가 따뜻했다 이젠 정말 의심할 수밖에

없는 일이 벌어졌다

엄마를 찾다가 목이 말라 냉장고 문을 열었는데
오렌지주스와
내가 좋아하는 라면과 계란이 칸칸마다 들어 있다

발가벗은 채 등을 구부리고 새우잠에 들던 나는 누군가의
기침 소리에 문을 열었는데 기다리던 엄마는 보이지 않고

빠알간 당구공 하나가 열린 문을 통해 들어오는 여름이었다
여름이 다 가도록 텔레비전 뉴스는 실종된 사람들을 찾았고

계란 노른자위 같은 석양은 집 앞에서 사라지지 않았다
                                          ─「못다 쓴 일기─적산가옥」 전문

 제목을 통해 독자는 우선 이 작품이 어떤 (오랜) 과거의
회상임을 알 수 있다. 화자는 적산가옥에 거주하던 어린아
이이거나 청소년일 확률이 높다. 그는 외출에서 돌아와 알
몸으로 군대용 접이식 침대에 누웠는데 "누가 누웠다 간
것처럼" 침대가 따뜻함을 느낀다. 아무리 찾아도 엄마는
보이지 않고, 목이 말라 냉장고 문을 여니 오렌지주스와
자기가 "좋아하는 라면과 계란이 칸칸마다 들어 있"는 모
습을 본다. 문제는 이 지점이다. 화자는 갑자기 이것을 "정
말 의심할 수밖에 없는 일"이라 말한다. 그런데 이게 왜 의

123

심할 수밖에 없는 일인지 시인은 설명하지 않는다. 이런 불친절한 생략 때문에 독자는 텍스트에 몰입할 수가 없으며, 성실한 독자라면 전후 문맥을 통해 이 이유를 스스로 따져 봐야 한다. 이 문제가 해결되지 않을 때, 이 작품은 절대로 '술술' 편하게 읽히지 않는다. 자세히 보면, 독자는 크게 두 가지를 유추할 수 있다. 우선 평소에 화자의 냉장고가 이렇게 화자가 좋아하는 음식으로 채워진 적이 거의 없었다는 것, 따라서 이 사태 자체가 왜 일어났는지 따져 봐야 한다는 것이다. 텍스트는 엄마의 부재를 반복해서 말하며, 이어지는 행에서는 그해 "여름이 다 가도록" "실종된 사람들"이 텔레비전 뉴스에 방영되었다고 말한다. 그렇다면 엄마는 그해 여름에 사고로 "실종된 사람들" 중의 한 명인가? 그게 아니라면 굳이 이런 문장을 추가할 이유가 없지 않은가? 그렇다면 첫 행부터 화자의 등을 계속 두드리던, 그래서 등을 돌려 보면 아무도 없는 그 "누군가"는 바로 그렇게 실종된 어머니인가? 그래서 유령이 된 어머니가 아이가 좋아하는 음식들을 냉장고에 가득 채워 놓았단 말인가? 이게 실제로 도무지 벌어질 수 없는 일이므로 화자는 이 모든 것을 "정말 의심할 수밖에 없는 일"이라 말하는 것일까? 이 작품은 독자가 스스로 이 모든 추리와 논리와 사유를 하지 않고서는 이해할 수 없도록 문장들을 배치해 놓고 있다. 한명희는 의도적인 생략과 불친절로 독자가 텍스트에 수월하게 접근하는 것을 방해한다. 독자는 마치 무도장에 들어가다 거절당한 사람처럼 자신도 모르는 사이에 자신이 거절당한 이유를 따지며 텍스트와 비판적 거리를 갖지 않을 수 없게 된다. 한명희가 원하는 것은 바로 이런 것이다. 한명희는 독자가 텍스트 안에서 벌어지는 일들을 당연한 것으로 간주하지 않으며 거리를 가지고 따지기를 원한다. 바로 이 지점에서 텍스트에 대한, 이 세계에 대한 독자의 비판적 사유가 생겨난다. 위 작품에 대한 비판적 사유의 끝에서 독자가 만날 수 있는 것은 바로 "확인할 수 없는 불안과 공포"라는 의미소(semanteme)이다. 이 구절이야말로 이 시의 핵심을 요약하는, 가장 확실한 의미론적 단위이다. 독자는 이 대목을 아직 성인이 아닌 화자가 일반적으로 느낄 수 있는 막연한 불안과 공포 정도로 이해해도 되고, 인간의 실존적 삶 자체가 가지고 있는 근본적 불안과 공포로 이해해도 된다. 이렇게 되면 이 텍스트 안에서 어머니의 부재가 실종인지 아닌지의 문제는 크게 중요하지 않은 것이 된다. 냉장고의 음식을 누가 그렇게 채워 놓았는지도 중요하지 않은 문제가 된다. 중요한 것은 아무 일도 명시적으로 일어나지 않은 상태에서 "또 무언가 잘못된 일이 벌어지고 있는 건 아닌지" 인간을 끝없는 근심으로 몰고 가는, '불안으로 가득 찬(angst-ridden)' 세계에 대한 인지이다. 이것이야말로 한명희가 세계를 바라보는 약호(code)이며 그를 이해하는 열쇠이다. 그가 볼 때 세계는 인과관계로 설명할 수 없으며, 부조리와 우연성, 불연속성, 비일관성, 그리고 무의미로 가득 차 있다. "빠알간 당구공"은 붉게 지는 해의 은유이며, 그것이 "계란 노른자위 같은

125

석양"처럼 사라지지 않는 집 앞의 풍경은 에드바르트 뭉크 (E. Munch)의 그림 「절규」를 연상케 한다. 한명희가 볼 때, 세계는 이렇게 필연성 대신에 우연성이 지배하는 공간이며, 불안과 공포야말로 이 세계가 유발하는 대표적 정동(affect)들이다. 그런데 이런 상황에서 시가 어떻게 논리성과 인과성의 원리에 따라 단어들을 배치할 수 있단 말인가. 이 불안과 공포의 제국에서 시가 어떻게 공감의 서정성을 노래할 수 있단 말인가. 한명희는 텍스트 안에서 수시로 인과관계를 깨뜨리고, 문장들 사이의 자연스러운 접속을 방해하며, 생략과 일탈의 언어를 구사함으로써 세계의 불안과 공포를 전경화한다.

2.

그러므로 한명희의 시들은 현실의 파사드(facade)를 향해 있지 않다. 현실의 파사드는 아름다운 사원의 정면처럼 말끔하다. 그의 시선은 늘 아무런 문제 없이 잘 굴러가고 있는 듯한 현실이 아니라 그것의 배후 어딘가에 가 있다. 불행에 직면했을 때나 문득 마주치는 현실의 잔혹한 얼굴은 늘 배후에 가려져 있다. 한명희는 평온해 보이는 현실의 배후에서 악몽 같은 실존의 얼굴을 본다.

너는 아무 말도 하지 않았지 물안경을 쓴 물고기를 따라갔으나 물속에선 살 수 없는 물고기 너는 오늘도 부재중이었고 전화기에선 계속 파도치는 소리가 들렸지 타이레놀인가 먹고

나는 잠을 자는데 누가 따귀를 때리고 목을 조르는지 갑자기
열이 나고 숨이 차서 죽을 것만 같은데

　문득 물고기를 좋아하는 여러분도 살을 발라 먹고 가시만
남은 뼈에 대해 안됐다 순간이라도 없으셨는지 잠수복을 벗
고 지금 죽어도 서운할 게 없는 얼굴을 하고 살아서 팔딱팔딱
뛰는 물고기를 보다가 마음이란 게

　그러니까 미구에 나는 횟집을 나와 무작정 달리다가 어느
바다 깊은 곳에 가라앉은 차 한 대 나는 아무래도 전생에 뼈
만 남은 물고기의 자식인지

—「물고기와의 하룻밤」 부분

"물안경을 쓴 물고기"라니. 물안경은 물고기가 아닌 존
재들이 필요로 하는 것 아닌가라고 묻는다면, 당신은 정확
히 시인의 전략에 말려든 것이다. "물속에선 살 수 없는 물
고기"라니. 물고기가 물속에서 살 수 없다면 도대체 어디
에서 산단 말인가라고 묻는다면, 당신은 정확히 시인이 염
두에 둔 이상적인 독자가 되는 것이다. 시인은 의도적으로
모순어법(oxymoron)을 사용하는데 그리하여 독자를 갸우뚱
하게 만드는데, 바로 그렇게 갸우뚱하는 지점에서 독자의
적극적 사유가 시작된다. 모순어법은 그 자체 논리적으로
말이 안 되는 것 같지만, 현실 그 자체가 이런 식의 모순이
라면 어떻게 할 것인가. 텍스트 안의 '너'는 "물속에선 살

수 없는 물고기"이다. 현실이 인간에게 가장 호의적인 공간이 아닐 수 있는 것처럼, 물속이 물고기에게 항상 친화적인 것만은 아니라는 사유를 할 수 있다면, 이 모순어법의 진실을 확인할 수 있을 것이다. 세상의 문법과 거꾸로 혹은 달리 가는 자는 이 세계에 적응하기 힘들다. 세계는 실제로 이 세계에 불만족하거나 부적절한 개체들의 서식지이기도 하다. 그러므로 "물속에선 살 수 없는 물고기"라는 말은 표피의 모순을 넘어선 진실을 지시한다. 세상 친화적인 어떤 패러다임이 이 세계를 제대로 읽는 것을 방해할 때, 주체는 세상과 불화하고 갈등하는 다른 패러다임을 선택할 수 있다. "물안경을 쓴 물고기"는 그런 주체이다. 현실에 대해 비판적인 혹은 유토피아적인 욕망에 사로잡힌 예술가는 맨눈으로 세상을 읽지 않는다. 그들은 현세와 전혀 다른 안경을 끼고 현세를 바라본다. 맨눈으로, 상식과 공리로만 세상을 읽는 자들은 이들을 보고 정상이 아니라고 말할 것이다. 그러나 누가 잘못되었는가. 시인이 모순어법을 아무런 설명 없이 들이대는 것은 서정적 동일시가 아니라 비판적 거리를 통해 독자가 세계 자체의 모순성을 들여다보도록 하기 위해서이다. 첫 번째 문장의 "물속에선 살 수 없는 물고기"가 "물안경을 쓴 물고기"를 "따라" 가는 모습이야말로 모순의 연쇄로 이루어진 현실을 지시하는 것이다. 화자는 그런 '너'와 통화하려 하지만 "너는 오늘도 부재중"이다. 모순의 현실에선 개체들 사이의 소통이 불가능하거나 희박하다. 모순 안에서의 이 끝없는 단절을 의식

하면서 화자는 악몽에 시달린다. 화자는 꿈속에서 누군가가 따귀를 때리고 목을 조르는지 "숨이 차서 죽을 것만 같"다고 고백한다. 화자는 자신을 목적지도 없이 "무작정 달리다가 어느 바다 깊은 곳에 가라앉은" "차 한 대"라고 정의한다. 물고기로 비유하자면 그것은 "뼈만 남은 물고기" 즉 유적 본질을 모두 상실한 물고기이다. "살을 발라 먹고 가시만 남은 뼈"야말로 "물속에선 살 수 없는 물고기"가 아니고 무엇인가. 시인은 이렇게 화자와 *그*가 말을 거는 대상 모두를 철저하게 무력하고도 모순적인 존재로 그려 놓는다. 이 모순적인 존재들은 또한 모순의 연쇄물로 구성된 환경 속에 있다. 그렇다면, 여기에서 무엇을 할 것인가.

어떻게 하면 레퍼토리를 바꾸고
단원들을 교체하게 할 수 있을까?

조명은 눈을 감아도 눈이 부시고 소리는
귀를 닫아도 쩌렁쩌렁 울리는 무대에서

이건 뭐지 싶게 이해가 안 되는 노래를 부르다가
이 탓 저 탓 탓만 하는 합창단들

이 팀 저 팀 할 것 없이 반복되는 불협화음과
주법(奏法)을 조율하고 파트별로
화합을 모색해야 할 지휘자는 보이지 않고

지칠 대로 지친 관람객은

잠에서 좀체 깨어날 줄 모르는데

열을 올리던 응원단도 흥분해서 멱살을 잡는

소리만 지를 뿐 합창단과 다를 바 없는데

먹고살기 바빠 관람은 못 하고 TV로 보거나

그것조차도 볼 수 없는 삶들은 지금 어떤 마음일까

—「프로시니엄」 전문

'프로시니엄'은 삶을 바라보는 하나의 패러다임으로 읽어도 된다. 시인은 자신의 프로시니엄을 통해 무엇 하나 자기 역할을 제대로 수행하지 못하는 개체와 집단들로 이루어진 무대를 보고 있다. 협화음을 내야 할 합창단원들은 "불협화음"만 내고, 이들을 조율하고 이끌어야 할 지휘자는 "보이지 않고", 관람객들은 지칠 대로 지쳐 "잠에서 좀체 깨어날 줄 모르는", 하다못해 응원단조차 "흥분해서 멱살을 잡는/소리만 지를 뿐"인 이 세계를 어찌할 것인가. 문제는 그나마 엉망인 이 무대를 "먹고살기 바빠 관람은 못 하고 TV로 보거나/그것조차도 볼 수 없는 삶"도 있다는 것이다. 이 작품은 처음부터 끝까지 탈(脫)기능화된 소음으로만 존재하는 세계를 보여 준다. 시인은 처음부터 끝까지 개탄, 실망, 고통, 좌절 등의 모든 정서적 개입을 철저히 배제하고 삭막한 현실을 있는 그대로 보여 준다. 서정적 파토스의 매개를 조금도 허락하지 않는 이 냉담한 서술이야말로 현실의 삭막함을 더욱 삭막하게 드러내 주는 효과적인 전략이다. 아무런 공감대를 요구하지 않으면서 날것 그대로의 현실을 독자에게 내밀 때, 독자는 자신의 고유한 정서적 대응 방식을 스스로 찾는다.

3.

아도르노(T. Adorno)는 『부정의 변증법』에서 "사유란 이를테면 부정(negation)의 행위이다"라고 말했다. 그에게 사유란 생각이라기보다는 일종의 행위이며, 그것도 "사유에 강요된 어떤 것에 저항하는 행위"이다. 그에 따르면 사유는 부정(不正)한 현실을 부정(否定)하는 데서 시작한다. 부정이야말로 모든 운동(movement)의 원동력이다. 부정의 담론을 생산하는 대표적인 주체들은 철학자와 작가이다. 철학자와 작가는 부정을 통하여 세계를 변화시키는 '예외적 개인'들이다. 이들의 글쓰기에는 부정-담론의 다양한 형식들이 나타난다. 이런 형식들을 통하여 문제없는 것처럼 보이는 세계의 문제가 탈은폐되고 시험대에 오르며 사라지거나 변형된다. 그러므로 철학자들과 작가들의 글에서 부정의 방정식을 보는 것은 희귀한 일이 아니다.

한명희의 시들에서 발견되는 부정은 서정성의 살을 최대한 발라내는 데서(肉脫!) 시작된다. 그는 자신의 내면마저도 철저하게 객관화하고 감정의 넋두리를 최대한 배제함으로

써 세계의 뼈대를 있는 그대로 노출한다. 그는 모순과 우연성, 비일관성, 불연속성으로 명명할 수밖에 없는 세계의 폭력을 에누리 없이 노출한다. 그는 독자에게 그 끔찍한 현실에 대한 정서적 공감을 요구하지 않는다. 그러나 그가 그런 풍경을 노출할 때, 독자는, 말하자면, 어디 도망갈 곳 없이 사유하지 않고는 못 배긴다. 말하자면 그는 독자의 정서적 몰입을 방해하면서 독자의 비판적 사유를 끌어내는 고도의 기술자이다.

거실에는 텔레비전 침대 머리맡에는 핸드폰

밤을 베고 누운 여자와 남자는 말도 안 되는 말로 말다툼을 하다 등을 돌리고
밥을 먹다가 미워서 서로의 그림자조차도 어딘가로 사라지고 없으면 싶을 때
그러니까
악장과 악장 사이 쉼표랄까 침묵할 줄 모르는 내가 나를 피해
핸드폰을 끄고 슬그머니 텔레비전 속으로 들어가고 싶을 때

가끔은 귀를 자르고 눈을 닫은 채 히아신스 같던
옛 애인의 분내를 찾아가는
꿈들과 살을 섞고도 싶어

132

내게 온 모든 음악은 헤어지고 싶은 것들의 미래, 새로 태
어나기 위해
　　우리가 뭔가를 찾아 헤맬 때 떨어져 소멸을 기다리는 꽃들의
상처뿐인 과거
　　아니면 소심한 밤의 노래

—「녹턴」 부분

　　텍스트만으론 남녀는 자초지종을 알 수 없는 이별을 앞
두고 있다. 그들은 생명성을 삭제한 사물들처럼, 거실의 텔
레비전과 침대 머리맡의 핸드폰처럼, 서로에게 무정(無情)하
다 못해 "미워서 서로의 그림자조차도 어딘가로 사라지고
없으면 싶"어 하는 관계이다. 화자가 갈 길은 무생명의 핸
드폰을 끄고 무생명의 텔레비전 속으로 들어가는 것밖에
없다. 그래 봐야 그것은 사물에서 사물로 이동하는 길이다.
이 시에서 텔레비전과 핸드폰은 사물화된 사람들의 관계
를 상징하는 객관 상관물들이다. 화자는 자신에게 온 모든
음악이 "헤어지고 싶은 것들의 미래"라고 부른다. 화자를
지배하는 것은 분리와 단절의 죽음(파괴) 충동뿐이다. 그 안
에서 화자는 얼핏 "옛 애인의 분내를 찾아가는" 에로스 본
능에도 휩싸이지만, 그것은 오로지 "꿈들"일 뿐이다. 화자
에게 새로운 미래란 없다. 무언가를 새로 찾아 헤매 봐야
화자에게 다가오는 것은 "소멸을 기다리는 꽃들의 상처뿐
인 과거"이다.

사람들이 떨어진
꽃들을 밟고 지나갑니다

길가에서
도심 한쪽 공원에서
소리도 없이

피어 있는 꽃들을 보겠다고

철쭉과 모란을 이팝나무와
장미를 찾아온 사람들이

밟히고 밟혀서 이제는
꽃이라고 할 수도 없는 꽃들을
또 밟고

또 밟고 지나갑니다

어제도 또
어제도 또

　　　　　　—「지갑에서 꺼낸 스무 살—오월」 전문

　이 시에서도 독자는 "소멸을 기다리는 꽃들의 상처"를 만
난다. (한국적 맥락에선) "오월"이라는 기표가 '5.18 광주'

라는 기의를 너무 강하게 가지고 있어서 함부로 속단할 수 없지만, 이 텍스트에서 "꽃"의 함의는 그것보다 훨씬 넓다. 시인은 여전히 이 모든 것에 대하여 아무런 설명을 하지 않으며, 덕분에 독자는 이 꽃의 의미를 찾는 여행을 자처하지 않으면 안 된다. 그것은 사람들이 "보겠다고" 찾아오는 대상이면서 동시에 사람들에게 "밟히고 밟혀서 이제는/ 꽃이라고 할 수도 없는" 것이기도 하다. 문제는 동경(에로스)의 대상이면서 동시에 파괴(죽음)의 대상인 꽃의 양가성이기도 하지만, 시인이 무게를 두는 쪽은 그것이 파괴되고 있다는 것, 그것을 밟고 또 밟고 지나가는 현실에 있다. 마지막 연에 반복되는 "어제도 또"란 구절도 이런 파괴적 현실이 무한 반복되고 있다는 사실을 적시한다.

한명희의 시에서 돋보이는 것은 부정의 도저한 힘이다. 그는 서정성을 지운 자리에 삭막하게 사물화된 현실을 배치하고 그것을 끝까지 거부함으로써 새로운 세계를 꿈꾼다. 그의 문법에 의하면 진정한 서정성은 그것을 부정한 다음에야 비로소 온다. "아우슈비츠 이후에도 서정시를 쓴다면, 그것은 야만"이라고 했던 아도르노의 말을 염두에 두면, 또 다른 비극의 시대에 서정시를 쓰는 것 역시 야만이거나 허영일 수 있다. 한명희는 서정적 공감이 아니라 비판적 질문을 유발하면서 '서정 이후의 서정'을 찾고 있다.